VEAMOS LOS CICLOS DE VIDA

Los ciclos de vida de los reptiles

BRAY JACOBSON

TRADUCIDO POR ALBERTO JIMÉNEZ

Gareth Stevens PUBLISHING

ENCONTEXTO

Please visit our website, www.garethstevens.com. For a free color catalog of all our high-quality books, call toll free 1-800-542-2595 or fax 1-877-542-2596.

Cataloging-in-Publication Data
Names: Jacobson, Bray.
Title: Los ciclos de vida de los reptiles / Bray Jacobson.
Description: New York : Gareth Stevens Publishing, 2018. | Series: Veamos los ciclos de vida | Includes index.
Identifiers: ISBN 9781538215661 (pbk.) | ISBN 9781538215210 (library bound) | ISBN 9781538215722 (6 pack)
Subjects: LCSH: Reptiles--Life cycles--Juvenile literature.
Classification: LCC QL644.2 J25 2018 | DDC 597.9'156--dc23

First Edition

Published in 2018 by
Gareth Stevens Publishing
111 East 14th Street, Suite 349
New York, NY 10003

Translator: Alberto Jiménez
Editorial Director, Spanish: Nathalie Beullens-Maoui
Editor, Spanish: María Cristina Brusca
Designer: Samantha DeMartin

Photo credits: Series art Im stocker/Shutterstock.com; cover, pp. 1, 5 (snake) reptiles4all/Shutterstock.com; p. 5 (crocodile) Audrey Snider-Bell/Shutterstock.com; p. 5 (turtle) Constantin losif/Shutterstock.com; p. 5 (tuatara) Rudmer Zwerver/Shutterstock.com; p. 7 (frill-necked lizard) Matt Cornish/Shutterstock.com; p. 7 (gavial) Lucie Placha/Shutterstock.com; p. 9 David Evison/Shutterstock.com; p. 11 WeStudio/Shutterstock.com; p. 13 Natalia Kuzmina/Shutterstock.com; p. 15 Irina oxilixo Danilova/Shutterstock.com; p. 17 Heiko Kiera/Shutterstock.com; p. 19 Paul Whitman/Science Source/Getty Images; p. 21 Vitalii Hulai/Shutterstock.com; p. 23 IrinaK/Shutterstock.com; p. 25 foryouinf/Shutterstock.com; p. 27 Shane Myers Photography/Shutterstock.com; p. 29 Andrey Armyagov/Shutterstock.com; p. 30 Rich Carey/Shutterstock.com.

Printed in the United States of America

CPSIA compliance information: Batch #CW18GS: For further information contact Gareth Stevens, New York, New York at 1-800-542-2595.

Contenido

Las palabras del glosario se muestran en **negrita** la primera vez que aparecen en el texto.

Reptiles de un vistazo

Los reptiles son animales vertebrados (tienen columna vertebral), también son **de sangre fría** y su cuerpo está cubierto por escamas como protección. Se clasifican en cuatro grupos: tortugas, tuátaras, lagartos y serpientes, y cocodrilos.

Si quieres saber más

El grupo de las tortugas incluye a los galápagos; el de los cocodrilos, a los aligátores, caimanes y gaviales.

cocodrilo

tortuga

tuátara

serpiente

En la Tierra hay más de 10,000 especies, o tipos, de reptiles. Como las especies son tantas, ¡los reptiles son muy distintos entre sí! Sin embargo, pese a sus diferencias, sus ciclos de vida son parecidos.

Si quieres saber más

El ciclo de vida consta de las fases principales de la vida del animal, que empieza con su nacimiento.

lagarto de gorguera

gavial

Tiempo de puesta

La vida de la mayoría de los reptiles empieza en un huevo, cuya cáscara es dura o membranosa. La hembra pone los huevos cerca del agua o en terrenos con algo de humedad. Suele enterrarlos, o ponerlos, bajo tierra.

Si quieres saber más

La hembra pone los huevos en un agujero para **incubarlos**. El tiempo de incubación depende de la especie.

huevos de tortuga verde

Eclosión

Las crías de reptil utilizan una parte corporal, llamada diente de huevo, para romper el huevo y salir de él. Lo normal es que las crías se valgan por sí mismas; sin embargo, algunas hembras, como las del cocodrilo, las protegen durante un tiempo.

Si quieres saber más

La cría será macho o hembra, según sea la temperatura del huevo. En las tortugas, la temperatura baja produce crías hembra y la alta, crías macho.

cría de cocodrilo

Seguir creciendo

Los reptiles jóvenes, llamados juveniles, parecen pequeños adultos. Para crecer tienen que comer bien y evitar a los depredadores. El tiempo que les tome crecer del todo, depende de la especie. A la serpiente llamada boa constrictor le lleva años.

Si quieres saber más

Aunque la boa constrictor mide menos de 2 pies (0.6 m) al nacer, ¡de adulta puede medir más de 10 pies (3 m)!

A empezar de nuevo

En general, cuando llegan a ser adultos, los reptiles están listos para encontrar pareja, un animal de su especie, con la que pueda **aparearse** para **procrear**. Entonces, ¡empezarán de nuevo el ciclo de vida!

Si quieres saber más

Aunque el ciclo de vida de los reptiles tiene las mismas fases principales, cada especie lo ha **adaptado** a su entorno.

El ciclo de vida de los reptiles

Según la serpiente

El ciclo de vida de ciertas serpientes empieza de forma distinta al de otros reptiles. Aunque casi todas las serpientes salen de huevos, no todas nacen en nidos bajo tierra. Los huevos de ciertas especies se abren dentro de la hembra que, en ese caso, engendra crías.

Si quieres saber más

Las serpientes recién nacidas se llaman crías.

Hay especies de serpiente que no salen de huevos, porque los bebés crecen dentro de la hembra. Las culebras y ciertos tipos de boas son serpientes que se **reproducen** de esta forma.

Si quieres saber más

Los animales que paren crías se llaman vivíparos; los que ponen huevos se llaman ovíparos.

boas recién
nacidas

Las serpientes juveniles **mudan** de piel cuando crecen, ¡porque la piel no crece con ellas! También las adultas cambian de piel, pero no tan a menudo. Lo más común es que la piel se desprenda entera.

Si quieres saber más

¡Todos los reptiles cambian de piel! Los lagartos mudan de piel trocito a trocito.

Ciclo de vida de la culebra de collar

El macho y la hembra adultos se aparean.

La hembra pone los huevos.

Las crías salen de los huevos.

Los juveniles mudan de piel según crecen.

Nadar con tortugas marinas

Cuando la tortuga marina está lista para poner huevos se encamina a la playa, y los entierra en la arena. De 6 a 8 semanas después, las crías salen del huevo y se dirigen al océano.

Si quieres saber más

Las tortugas marinas ponen sus huevos en playas **tropicales** de todo el mundo.

Muchos bebés de tortuga marina no consiguen llegar al mar, debido a la **interferencia** de humanos o depredadores. Los que sí lo consiguen pueden tardar hasta 10 años en volver a la costa. Estas juveniles van en busca de comida.

Si quieres saber más

Los científicos no saben mucho de los 10 primeros años de vida de la tortuga marina, salvo que crece y vive en mar abierto.

El tiempo de maduración de la tortuga marina depende de la especie. ¡A veces tarda 50 años en estar lista para reproducirse! Entonces **migra**, recorriendo largas distancias para encontrar pareja en zonas de reproducción específicas.

Si quieres saber más

¡Las tortugas marinas salvajes pueden vivir 100 años!

Ciertas especies de tortuga marina hacen varios nidos. ¡Ponen unos 100 huevos por nidada! Tras ponerlos todos, la hembra vuelve al mar, donde lo más probable es que se aparee de nuevo entre 2 y 3 años después.

Si quieres saber más

El grupo de huevos de un nido se llama nidada.

El ciclo de vida de las tortugas marinas

- Macho y hembra adultos se aparean.
- La hembra pone huevos en un hoyo en la arena.
- Las crías nacen y se desplazan al mar.
- Las crías permanecen unos 10 años más en mar abierto.
- Las juveniles vuelven a la costa para alimentarse.
- Las tortugas adultas migran a zonas de reproducción.

Glosario

adaptarse: cambiar para ajustarse a las circunstancias.

aparear/se: unirse sexualmente machos y hembras para reproducirse.

de sangre fría: animales cuya temperatura es igual a la de su alrededor.

incubar: mantener calientes los huevos para que eclosionen.

interferencia: acto que dificulta o impide conseguir algo.

migrar: desplazarse a una zona distinta para comer o procrear.

mudar: cambiar la cobertura corporal, como la piel.

procrear: engendrar y multiplicar la propia especie.

reproducirse: el acto por el cual una criatura crea otra idéntica a sí misma.

tropical: relativo a las zonas cálidas de la Tierra cercanas al ecuador.

Para más información

Libros

Midthun, Joseph. *Animal Life Cycles*. Chicago, IL: World Book, 2014.

Riehecky, Janet. *Reptiles*. North Mankato, MN: Capstone Press, 2017.

Sitios de Internet

Ciclos de vida

mos.org/sites/dev-elvis.mos.org/files/docs/education/mos_life-cycles_reptile.pdf

Utiliza este colorido PDF para repasar los ciclos de vida de muchos tipos de animales.

Nota del editor a los educadores y padres: nuestro personal especializado ha revisado cuidadosamente estos sitios web para asegurarse de que sean apropiados para los estudiantes. Muchos sitios web cambian con frecuencia, por lo que no podemos garantizar que posteriores contenidos que se suban a esas páginas cumplan con nuestros estándares de calidad y valor educativo. Tengan presente que se debe supervisar cuidadosamente a los estudiantes siempre que tengan acceso al Internet.

Índice